# La princesse Isabella veut garder son dragon !

L'illustrateur : Philippe Masson, né à Rennes en 1965, est issu d'une famille de marins bretons. Actuellement, il vit à Tours avec son amie et ses deux enfants, Lucas et Mona. Il réalise les dessins de « La Cabane Magique » aux Éditions Bayard Jeunesse.

*À Tonia Coney,*
*ma chère cousine et amie*

Titre original : *The Fairytale Princess*


Conception et réalisation de la maquette : Éric Doxat.
Suivi éditorial : Karine Sol.

Loi n° 49 956 du 16 juillet 1949
sur les publications destinées à la jeunesse.
Dépôt légal : mai 2007 – ISBN 13 : 978 2 7470 2158 6.
Imprimé en Allemagne par Clausen & Bosse.

# Le château magique

## La princesse Isabella veut garder son dragon !

Katie Chase

Traduit et adapté de l'anglais par Anne Delcourt
Illustré par Philippe Masson

BAYARD JEUNESSE

# 1

# Une grosse frayeur

Dissimulée derrière le lourd rideau de velours, Cléa entendit des pas approcher dans le couloir et retint sa respiration.

Son petit frère, Lucas, tira le rideau avec un sourire de triomphe :

– Trouvée ! À mon tour de me cacher !

– Comment as-tu deviné que j'étais là ? lui demanda-t-elle tandis qu'ils retournaient vers la grande salle.

– J'ai vu tes baskets qui dépassaient. Je suis sûr que je vais trouver une cachette super géniale !

– Allez, file ! répliqua Cléa.

Pour se réchauffer, elle se posta devant le feu qui ronronnait dans l'imposante cheminée de la grande salle. Il faisait très froid dans le château, maintenant que l'automne était arrivé.

– Compte jusqu'à cent, Cléa, et sans tricher ! lui lança Lucas.

– Quel culot ! s'indigna la petite fille. Comme si ça m'arrivait de tricher ! Un, deux, trois...

Les pas de son frère s'éloignèrent. Pendant qu'elle comptait, elle songea à la chance qu'ils avaient, Lucas et elle, de disposer de tout un château pour jouer à cache-cache !

L'antique demeure, nichée dans les montagnes écossaises, appartenait à sa grand-tante Clarisse. C'était une passionnée de voyages, qui avait visité de nombreux pays. Elle en avait rapporté d'étranges trésors et des meubles superbes, qui remplissaient à présent le manoir. Cette fois, Clarisse avait décidé de faire un tour du monde de deux ans. Et elle avait demandé aux parents de Cléa de s'installer chez elle pendant son absence.

Cléa était ravie : elle adorait sa grand-tante, et le manoir était l'un de ses endroits préférés. Ce n'était pas tout à fait pareil sans Clarisse, mais elle était partie en laissant à sa petite-nièce un merveilleux secret.

– Quarante-neuf, cinquante…

En permanence, la fillette restait à l'affût… de princesses. Dans une lettre, sa grand-tante lui avait révélé qu'il y en avait un peu partout dans le château. Elles pouvaient se cacher n'importe où ! Sur le décor d'un vase ou sur le motif d'un tapis...

Pour Cléa, une bonne partie du plaisir consistait à se demander où elle allait découvrir la suivante. Grâce au secret de Clarisse, sa nouvelle vie ressemblait à une grande chasse au trésor. Dès le premier jour, elle avait trouvé une princesse orientale, qui l'avait entraînée dans une incroyable aventure.[1]

– Quatre-vingt-huit, quatre-vingt-neuf…

Cléa hésita, ne sachant trop où chercher son frère.

Tandis qu'elle relevait la tête, son regard s'arrêta sur la tapisserie accrochée au-dessus de la cheminée. Elle la connaissait depuis toujours et ne la remarquait même plus. Or là, tout à coup, un frisson d'excitation la parcourut.

La tapisserie représentait une fille d'une dizaine d'années, vêtue d'une longue robe bleue du Moyen Âge, une large ceinture dorée autour de la taille.

Elle était coiffée d'un haut chapeau bleu en forme de cône, orné d'un voile blanc qui retombait sur ses longs cheveux blonds, et paraissait désemparée.

1. Lire le tome 1, *La princesse Azara et l'affreux génie.*

À sa gauche se dressait un dragon d'aspect féroce aux écailles dorées, aux dents et aux griffes redoutablement acérées. De sa gueule béante jaillissait une gerbe de flammes. À droite de la petite fille, un chevalier en armure étincelante bombait le torse, fièrement assis sur un cheval blanc.

« Une petite princesse ! J'en suis certaine ! se dit Cléa. Elle n'a pas l'air très rassurée... Je ne le serais pas non plus si je me tenais juste à côté d'un dragon ! »

Elle avait totalement oublié Lucas et leur partie de cache-cache. Comme elle l'avait déjà fait, elle suivit les instructions de sa grand-tante : elle prit une inspiration, s'inclina en une profonde révérence, puis dit bonjour à la petite fille en robe bleue en la fixant droit dans les yeux.

À peine Cléa avait-elle refermé la bouche qu'une douce brise s'éleva dans la grande salle, l'enveloppant d'un souffle d'air chaud au léger parfum de fleurs des champs. Elle ferma les paupières, dans l'attente de ce qui allait se produire. Comme la première fois, le vent s'enroula en spirale autour d'elle. Le tourbillon, de plus en plus violent, prit de la vitesse, la souleva du sol et l'emporta dans les airs.

Quelques secondes plus tard, Cléa sentit ses pieds se poser sur une épaisse couche d'herbe moelleuse.

L'odeur des prés, du foin et des fleurs sauvages lui chatouilla les narines. La chaleur du soleil lui caressa la peau.

Cléa rouvrit les yeux et resta bouche bée d'étonnement. Elle se trouvait dans un paysage digne d'un conte de fées, par une belle journée d'été. Le ciel, parsemé de petits nuages blancs, était d'un bleu pur. Autour d'elle, à l'infini, s'étendaient des champs de blé d'un jaune d'or éclatant, de vertes collines et des prés piquetés de pâquerettes, de bleuets et de coquelicots.

– Que c'est beau ! souffla-t-elle avec un soupir de bien-être.

Puis elle s'aperçut que ses vêtements avaient changé. À la place de son jean et de son T-shirt, elle portait maintenant une longue robe du Moyen Âge en tissu doré et un haut chapeau pointu, doré lui aussi, orné d'un voile blanc.

Cléa sourit de plaisir. Elle était en train de lisser sa robe en admirant ses chaussons dorés, lorsqu'elle entendit un drôle de bruit au-dessus de sa tête.

*Flap ! Flap ! Flap !*

Elle leva les yeux et poussa un cri strident. L'effrayant dragon de la tapisserie fondait droit sur elle, et cette fois il était on ne peut plus réel.

– Va-t'en ! hurla-t-elle en agitant instinctivement les bras pour le chasser.

Alors, épouvantée, elle vit le monstre ouvrir une gueule béante, comme s'il s'apprêtait à la frapper d'un jet de flammes.

# 2

# Drôle de compagnon

Incapable de réagir, Cléa fixait le dragon sans bouger lorsqu'un choc violent dans son dos la renversa au sol. Elle roula sur l'herbe et s'immobilisa au milieu d'une flaque de boue.

– Oh, je te prie de m'excuser ! fit une voix confuse tout près d'elle. Je ne voulais pas te faire tomber, seulement te pousser à l'écart pour t'éviter d'avoir les cheveux roussis !

Cléa risqua un coup d'œil prudent autour d'elle : le dragon avait disparu. Agenouillée à ses côtés se tenait la petite princesse à la robe bleue de la tapisserie. L'endroit où Cléa se trouvait un instant plus tôt était carbonisé. Du carré d'herbe brûlée partait une longue traînée noircie par le feu, qui aboutissait à un buisson en flammes.

– J'espère que tu ne t'es pas fait mal ? s'inquiéta la princesse.

Cléa la rassura d'un signe de tête : non, elle n'avait rien. Sa jolie robe, en revanche, était toute maculée de boue.

L'inconnue lui tendit la main pour l'aider à se relever et entreprit d'essuyer les

taches sur sa robe dorée avec son mouchoir.

– Je ne t'ai jamais vue au village, reprit-elle, étonnée. Je suis la princesse Isabella. Et toi, comment t'appelles-tu ? D'où viens-tu ?

– Je suis Cléa. Je viens de... C'est un peu compliqué à expliquer ! Je t'ai vue sur une tapisserie, dans le château de ma grand-tante. Elle m'a appris une sorte de formule magique qui me permet de rencontrer des princesses en voyageant dans le passé. Pour cela, je dois juste faire une révérence, dire « bonjour », et... me voici !

Les yeux bleus d'Isabella s'illuminèrent :

– Oh, je comprends ! Ma grand-mère me parlait souvent d'une amie qui lui rendait visite quand elle était petite. Elle s'appelait Clarisse, je crois, et elle venait elle aussi du futur.

– Oui ! C'est ma grand-tante, confirma Cléa, enchantée.

– Eh bien, nous aussi, nous serons amies,

décréta Isabella d'un ton résolu. Bienvenue au royaume de Tannelaun !

D'un geste, elle désigna les champs et les prés :

– Comment trouves-tu mon pays ? Il est magnifique, non ? Tu vois, de l'autre côté de cette colline, là, il y a le château de mon père, qui domine le village. Et plus loin, au-delà des champs, en suivant la rivière, on arrive à la mer. Et si tu regardes…

Cléa, qui essayait de dire quelque chose, lui tira la manche pour attirer son attention.

– Excuse-moi ! s'exclama Isabella en riant. Je suis très bavarde ! Mon père dit que je suis un moulin à paroles.

– Je voulais simplement te remercier de m'avoir sauvé la vie, fit Cléa. J'ai eu tellement peur ! Il vit à Tannelaun, ce dragon ? Il terrorise le royaume, c'est ça ? Et vous ne savez pas comment vous en débarrasser ?

À ces mots, une ombre passa sur le visage de la princesse, qui baissa la tête d'un air accablé.

– C'est si grave que ça ? demanda doucement Cléa.

– Oh, Cléa, soupira Isabella. Ce dragon n'a rien de méchant ! C'est Gaspard, mon animal de compagnie.

# 3 Gaspard

– Non ! s'exclama Cléa, incrédule. Tu as un dragon comme animal de compagnie ?

– C'est vrai que c'est bizarre, admit Isabella. D'habitude, les gens ont plutôt un chat ou un chien.

– Moi qui croyais que les dragons n'existaient que dans les livres…, commenta Cléa.

– Bien sûr que non ! répliqua Isabella, interloquée. Il y en a partout ! Généralement, ils vivent à l'état sauvage. En fait, je ne connais personne qui ait un ami dragon.

– Je trouve ça fantastique ! lui assura Cléa

avec enthousiasme. Où l'as-tu découvert ?

Isabella lui montra l'entrée d'une grotte toute proche, creusée au pied de la colline :

– Là, dans cette caverne. Il venait juste de sortir de son œuf.

– Que sont devenus ses parents ?

– Ça, je l'ignore, fit Isabella en haussant les épaules. Mais je ne pouvais pas l'abandonner tout seul. J'ai supplié mon père pendant des jours pour qu'il m'autorise à le garder. Il a fini par céder, et Gaspard est venu vivre avec nous.

Cléa ouvrit des yeux ronds. Ça alors ! Un dragon dans une maison !

– Il est adorable, tu sais, s'empressa d'ajouter Isabella. Il ne nous a jamais causé aucun problème. Enfin, jusqu'à ce qu'il grandisse, et qu'il se fasse les griffes sur le trône de mon père !

– Et que s'est-il passé ? demanda Cléa.

– Il a dû retourner dans sa grotte, expliqua

Isabella. De toute façon, il est beaucoup mieux là-bas. Il était devenu trop gros pour habiter dans le château, il se cognait dans tous les meubles. Et il continue à venir me voir au village… C'est bien ça, l'ennui ! Quand il rencontre des gens qu'il ne connaît pas, ça le rend nerveux, et ça lui donne le hoquet. Dans ces cas-là, il ne peut pas se retenir de cracher du feu !

– Oh là là ! fit Cléa en fronçant les sourcils. Tu veux dire qu'il ne voulait pas me faire de mal, tout à l'heure ?

– Pas du tout ! Il a seulement eu peur. À cause de son hoquet, il met le feu un peu partout. Alors, je l'entraîne à mieux diriger son tir.

Elle lui désigna une cible peinte sur un rocher.

– Il essaie de toucher la marque, reprit-elle, mais il n'a pas encore réussi. En attendant, il provoque accident sur accident. Mon père est très en colère. La semaine dernière, Gaspard a brûlé une table à laquelle il tenait énormément. Et les villageois n'arrêtent pas de se plaindre. L'autre jour, le boucher a dû pousser sa carriole dans la mare parce que Gaspard l'avait enflammée. Sans le faire exprès, bien sûr ! Mon père dit que, si ça continue, on va devoir le chasser !

Des larmes brillèrent au coin de ses yeux, et Cléa eut de la peine pour elle. Elle avait l'air si attachée à son dragon !

– Où est-il, maintenant ? voulut-elle savoir.

– Il a filé se cacher dans sa grotte, répondit

Isabella en séchant ses larmes. Je crois que tu l'as effrayé.

Cléa ne put s'empêcher d'éclater de rire :

– Moi ? Effrayer un dragon ? Je peux aller lui dire bonjour ?

Le visage d'Isabella s'éclaira.

– Bonne idée ! Justement, le voilà qui sort. Viens, Gaspard, n'aie pas peur ! cria-t-elle. Je voudrais te présenter Cléa !

Le dragon passait timidement la tête par l'entrée de sa grotte, ouvrant de grands yeux inquiets. Il fixa Cléa un moment, puis s'avança avec prudence, les ailes bien repliées sur son dos. Il s'arrêta devant la princesse, pencha vers elle sa

grosse tête dorée et lui frotta l'épaule du bout de son museau.

Isabella lui caressa les oreilles avec un sourire attendri :

– Cléa, je te présente Gaspard. Gaspard, voici Cléa.

Cette dernière se sentait toute petite face à l'énorme dragon. Elle se haussa sur la pointe des pieds pour lui tapoter le museau. Elle fut très étonnée de découvrir que ses écailles dorées étaient tièdes et douces comme de la soie.

– Ravie de faire ta connaissance, Gaspard, déclara-t-elle.

Le dragon lui répondit par un grognement de contentement, qui ressemblait au ronronnement d'un chat géant.

– On dirait que tu lui plais, commenta Isabella en sortant une pomme d'une petite bourse suspendue à sa ceinture. Il n'aura plus peur de toi, maintenant.

– Il est adorable ! s'exclama Cléa en grattant doucement la créature entre les oreilles, tandis qu'elle mâchouillait sa pomme.

– Ah, Cléa, qu'est-ce que je vais devenir si mon père chasse Gaspard ? soupira la princesse.

– Il y a certainement un moyen d'éviter ça ! s'écria son amie. On va y réfléchir.

# 4

# Les villageois

– Tu crois ? lâcha Isabella d'un ton sceptique. J'ai l'impression d'avoir tout essayé. Peut-être qu'en continuant son entraînement… On va s'y remettre. Mais j'en oublie les bonnes manières ! Je vais te prêter une robe propre. Tu m'accompagnes au château ?

Cléa accepta d'un hochement de tête : visiter un nouveau château, voilà qui promettait d'être intéressant.

– Je vais ramener Gaspard chez lui, lança Isabella en se dirigeant vers l'entrée de la caverne. Il a besoin d'une sieste, après ses exercices de ce matin.

En effet, Gaspard bâilla, ouvrant la gueule sur une belle rangée de dents luisantes.

Cléa les suivit dans la grotte. L'endroit, vaste, tiède et bien sec, était agrémenté d'un gros tas de foin qui sentait bon. Gaspard s'y installa confortablement, et les deux amies répartirent le foin autour de lui. Isabella déposa un baiser sur le front du dragon, dont les yeux, déjà, se fermaient.

– Il va dormir comme un bébé, dit la princesse. On reviendra tout à l'heure.

Elles sortirent sur la pointe des pieds, et Isabella entraîna Cléa vers un champ de blé qui ondulait au vent.

– Par ici, fit-elle. On va passer par le village.

Elles se frayèrent un chemin au milieu des hautes tiges de blé mûr, puis traversèrent une prairie constellée de pâquerettes et de boutons d'or, faisant ainsi le tour de la colline. Le village s'étendait au pied de l'autre versant, sur la rive opposée d'une rivière.

Il y avait là de petites chaumières, de minuscules jardins plantés de fleurs multicolores, des potagers tirés au cordeau. Entre les chaumières, dans des enclos, paissaient des moutons et des cochons ; des poules picoraient dans l'herbe, escortées de leurs poussins. Et partout les villageois s'affairaient. Les hommes portaient des tuniques et des braies[1], et les femmes, d'amples jupes longues.

Les deux filles franchirent un pont de bois. Cléa, distraite par le spectacle, faillit marcher sur une poule, qui se sauva en caquetant. C'est alors qu'elle remarqua un carré d'herbe roussie à ses pieds.

– Qu'est-ce que c'est ? demanda-t-elle.

– Encore un accident provoqué par Gaspard, répondit Isabella en rougissant.

1. Les braies : ce sont des sortes de pantalons larges que portaient les paysans au Moyen Âge.

Cléa tourna la tête et s'arrêta net. Surplombant le village, sur sa gauche, le château se dressait à flanc de colline.

Il était hérissé d'une multitude de tours et de tourelles qui étincelaient au soleil, coiffées chacune d'un drapeau blanc.

Sur les murs, en pierre rose pâle, grimpaient des rosiers chargés de fleurs. C'était le plus beau château de conte de fées que Cléa eût jamais vu.

Elle se dépêcha de rattraper son amie en haut du chemin :

– C'est une merveille ! Quelle chance tu as de vivre ici, Isabella !

Mais sa nouvelle amie avait perdu son sourire.

– Ça recommence ! gémit-elle, les yeux fixés sur l'entrée du château.

Une longue file de villageois attendait devant le portail. Tous tenaient à la main un objet brûlé ou calciné : un manteau, un

panier d'osier ou un poteau. Et tous paraissaient extrêmement contrariés.

– Viens par ici, dit Isabella en tirant Cléa par le bras. Je n'ai aucune envie de les croiser.

Elles quittèrent la route pour grimper à

travers le pré jusqu'à un sentier qui courait le long des remparts.

Là, Isabella, se glissant derrière un arbre, appuya la main sur l'une des pierres de la muraille. Un pan rectangulaire, grand comme une porte, pivota doucement, ouvrant une brèche dans le mur du château.

– Un passage secret ! fit Cléa, sidérée.

À l'intérieur, elle vit un long couloir sinueux, éclairé par des torches fixées sur les parois.

– Entre, lui dit Isabella en s'y engouffrant.

Quand elles furent toutes les deux dans le couloir, la princesse abaissa un gros levier et l'ouverture se referma sans bruit.

– Qui sont ces gens à la porte ? demanda Cléa en longeant le tunnel derrière sa nouvelle amie. Qu'est-ce qu'ils attendent ?

– Ce sont des villageois, lui expliqua Isabella d'un ton lugubre. Je suis sûre qu'ils viennent se plaindre de Gaspard. Tu as vu comme ils avaient l'air en colère ?

Elles étaient arrivées au bout du couloir, devant une grosse porte en bois.

Isabella tourna une petite clé en fer forgé dans la serrure. Elle poussa le battant et pénétra dans une grande garde-robe bourrée de vêtements de soie et de velours, de toutes les couleurs de l'arc-en-ciel.

Puis, écartant les vêtements, la princesse révéla une deuxième porte, qu'elle ouvrit à son tour.

– Voici ma chambre.

Cléa sortit de la garde-robe et écarquilla

les yeux. Devant elle trônait un grand lit à baldaquin, drapé de rideaux en soie blanche. Au pied du lit s'étirait un lourd banc de bois sculpté, garni de coussins en satin. Les murs étaient décorés de tapisseries, et le sol en pierre était recouvert d'épaisses peaux de moutons.

# 5

# Au feu !

– Et si on allait écouter ce qu'ils racontent à ton père ? suggéra Cléa. Comme ça, on pourra peut-être prendre la défense de Gaspard !

– Bonne idée ! approuva Isabella. Mais, d'abord, je dois te trouver une robe propre.

Elle inspecta ses vêtements et choisit une superbe robe en soie rose, brodée au fil d'argent.

Cléa, ravie, se dépêcha d'ôter la sienne pour l'enfiler.

– Maintenant, allons-y ! dit la princesse.

C'est vrai que je suis la seule à pouvoir défendre Gaspard !

– Et moi, tu m'oublies ? rectifia Cléa.

Isabella lui adressa un sourire reconnaissant. Puis elle l'entraîna dans un long couloir sinueux éclairé de torches, aux murs ornés de tapisseries, qui menait à un petit escalier.

– De la galerie des musiciens, on aura une bonne vue sur ce qui se passe dans la grande salle, précisa Isabella en s'y engageant. C'est toujours là que mon père reçoit les villageois.

Parvenue en haut des marches, elle tira un rideau de velours bleu. Les deux fillettes débouchèrent sur un long balcon de bois qui surplombait la grande salle.

Sur des coussins de velours éparpillés par terre étaient posés des flûtes, des luths, des cornemuses et d'autres instruments, que Cléa ne connaissait pas.

Isabella posa un doigt sur ses lèvres, et elles

avancèrent sur la pointe des pieds vers le bout de la galerie, en faisant le moins de bruit possible pour ne pas trahir leur présence. Elles se tenaient au-dessus d'une salle immense.

En haut des murs étaient fixées des bannières de toutes les couleurs qui descendaient jusqu'à terre. Au fond, sur une estrade, trônaient le roi et la reine. Le roi était un homme de haute taille au noble maintien, au menton garni d'une petite barbiche en pointe. Quant à la reine, elle avait les yeux bleus et

les cheveux blonds d'Isabella. Face à eux, les villageois patientaient, alignés en une longue file encadrée de deux gardes en uniforme rouge et noir.

– Merci, madame Beausoleil, disait le roi à une femme vêtue de rouge à la mine renfrognée. Je prends note de votre plainte, et je regrette que vous ayez eu autant d'ennuis.

Isabella se pencha vers son amie.

– C'est la lingère du village, chuchota-t-elle. Gaspard est passé l'autre jour devant le linge qui séchait sur sa corde, et il l'a un petit peu brûlé. Mais il ne l'a pas fait exprès !

Cléa ne put s'empêcher de glousser en voyant la lingère qui brandissait les restes calcinés de ce qui avait dû être une tunique et un pantalon.

– Père Georges ? appela le roi en se tournant vers la personne suivante.

Le fermier fit un pas en avant :

– Tout mon blé a été grillé avant que j'aie

pu de le moissonner, Votre Majesté ! C'est encore la faute de ce dragon !

Le roi secoua la tête, exaspéré.

– Je dois régler ce problème une fois pour toutes, trancha-t-il. Où est Isabella ?

– Aïe, aïe, aïe ! se lamenta la princesse. C'est mal parti ! Il faut que j'aille tout de suite voir mon père. Tu préfères peut-être m'attendre ici ?

– Non, je viens avec toi, déclara vaillamment Cléa. Je veux t'aider à le convaincre de garder Gaspard.

Elles redescendirent le petit escalier, et les gardes postés à l'entrée de la grande salle s'écartèrent pour les laisser passer.

À l'intérieur, tout le monde ne parlait que des dernières bêtises du dragon. Le silence se fit à l'arrivée de la princesse.

Cléa marchait derrière.

– Isabella, mon enfant, te voici, dit le roi en tendant la main à sa fille. Approche.

Puis son regard tomba sur Cléa :

– À qui ai-je l'honneur ?

– Je vous présente mon amie, dame Cléa, Père.

Cléa faillit éclater de rire : c'était bien la première fois qu'on l'appelait une « dame » !

– Soyez la bienvenue dans notre château, dame Cléa, lui dit poliment le roi.

Cléa s'inclina en lui jetant un coup d'œil à la dérobée.

Le visage du roi était éclairé d'un sourire bienveillant, et respirait la gentillesse. Mais le monarque paraissait vivement contrarié. La reine croisait les bras d'un air mécontent.

– Père, je voudrais m'excuser auprès des villageois pour les dégâts causés par

Gaspard, déclara Isabella. Pourtant il s'entraîne dur pour apprendre à viser, et il s'améliore de jour en jour !

– Je regrette, mon enfant, répondit le roi. Cela ne peut pas continuer.

La princesse regarda sa mère, les yeux remplis de larmes.

– Ton père a raison, enchérit doucement la reine.

– Ce dragon ne nous attire que des ennuis, reprit le roi. Et je suis fatigué d'écouter les gens se plaindre de lui jour après jour. Il est vraiment temps…

Cléa était en train de se creuser la cervelle pour trouver un argument en faveur de Gaspard quand ses efforts furent interrompus par un bruit de cavalcade à l'extérieur. Soudain, une voix d'homme cria derrière la porte :

– Au feu ! Au feu ! La boulangerie brûle !

# 6

# Vive le chevalier !

Dans la grande salle, tout le monde fut saisi d'horreur. Les gardes ouvrirent la porte, et un homme entra en trombe, écarlate et à bout de souffle.

– Malheur, Votre Majesté ! cria-t-il. La boulangerie part en flammes !

Toutes les personnes présentes au château, les courtisans comme les villageois, sortirent en masse pour se précipiter vers le bourg, suivis d'Isabella, de Cléa, du roi et de la reine. En effet, de gros nuages de fumée montaient dans le ciel bleu au-dessus du village.

– Oh, Cléa, je crains le pire ! gémit la princesse en courant sur le chemin. Et si c'était encore Gaspard ?

– Personne n'a dit que c'était de sa faute, fit remarquer Cléa pour la rassurer.

Cependant, Isabella n'avait pas l'air convaincue.

La boulangerie, une bâtisse en bois à un étage, se dressait au milieu du village.

La foule s'amassa de l'autre côté de la place, arrêtée par la chaleur et l'âcre fumée qui émanait de la boutique.

Il régnait une odeur suffocante de pain brûlé. Certains se mirent à tousser. Des flammes de plus en plus hautes sortaient par les fenêtres.

Surgie de nulle part, une bourrasque de vent tourbillonna sur la place et attisa le feu. Les flammes s'élevèrent jusqu'au toit, menaçant les chaumières voisines.

Le roi prit la situation en main.

– Il faut éteindre l'incendie avant qu'il ne se propage ! ordonna-t-il. Allez chercher des seaux ! Nous ferons une chaîne depuis la rivière jusqu'à la boulangerie !

Les villageois se dispersèrent pour appliquer ses instructions.

Lorsqu'ils eurent rassemblé assez de seaux, les deux filles se joignirent à la chaîne.

Chacun se mit à passer les seaux, qui arrivaient pleins de la rivière et repartaient vides dans l'autre sens. Ce n'était pas une mince affaire !

Il fallait faire vite, et les seaux étaient lourds. Cléa fut bientôt fourbue et trempée jusqu'aux os. Mais tous tinrent bon jusqu'à ce que le feu fût éteint.

– La boulangerie est détruite ! constata Isabella en contemplant les restes calcinés de la bâtisse. Il n'y a plus qu'à la reconstruire entièrement.

– Bravo, et merci à tous ! lança le roi. Grâce à votre courage, les autres maisons n'ont pas été touchées.

Une petite femme boulotte, vêtue d'un

tablier blanc maculé de suie, accourut vers lui :

– Votre Majesté ! Votre Majesté ! Et pour ma boulangerie ?

– Ah, madame Miette, je suis navré. Nous vous aiderons à en bâtir une autre, avec un four tout neuf !

– Mon vieux four marchait très bien, Votre Majesté, objecta fermement Mme Miette, les bras croisés. C'est encore ce dragon ! C'est lui qui a incendié ma boutique !

– Oh, non ! souffla Isabella en serrant très fort la main de Cléa.

– Cette bête est un fléau ! reprit la boulangère. Il est temps d'agir pour l'empêcher de nuire, Votre Majesté.

Un murmure d'approbation parcourut la foule.

– Vous avez raison, madame Miette, soupira le roi.

– Père ! s'écria Isabella en s'avançant vers lui. Je vous en prie !

Le roi secoua la tête d'un air désolé. La reine s'approcha, prit sa fille par la main et l'écarta avec douceur. Les yeux d'Isabella s'emplirent de larmes.

– Ne pleure pas, lui murmura Cléa. On trouvera une solution.

Le roi leva la main pour attirer l'attention des villageois :

– Envoyez chercher le chevalier Adalbert !

– Envoyez chercher le chevalier Adalbert !

Envoyez chercher le chevalier Adalbert ! répéta l'assistance.

– Qui est le chevalier Adalbert ? demanda Cléa à la princesse. Que va-t-il faire ?

– Il vit ici, au village, répondit Isabella d'une voix tremblante. Il va chasser Gaspard loin du royaume, et je ne le verrai plus jamais !

– Ma chère enfant, ne sois pas triste, lui dit le roi, qui paraissait lui-même très affecté. Ton dragon est dangereux, et mon rôle est de protéger mes sujets. Je n'ai pas le choix.

Le son des trompettes retentit, et un bruit de sabots résonna bientôt dans les rues du village.

Un peu plus tard, on vit apparaître un fougueux cheval blanc, monté par un chevalier de haute taille à la noble allure, caparaçonné d'une armure d'argent.

À la vue de la longue lance pointue qu'il brandissait, Cléa songea qu'il n'allait pas être facile de sauver Gaspard…

7

# Une nuit orageuse

– Hourra ! s'écrièrent gaiement les villageois.

Ils jetèrent leurs chapeaux en l'air ; les enfants se mirent à sauter de joie en tapant des mains. Tous étaient visiblement soulagés et heureux de voir le chevalier. Tous, sauf Cléa et Isabella.

– Savez-vous combien de dragons il a chassés ? demanda un paysan à sa voisine.

Cléa s'approcha discrètement pour écouter.

– Douze ! reprit l'homme. Et l'un d'eux était deux fois plus gros que Gaspard !

– Ce qu'il est beau ! soupira la femme tandis que le chevalier remontait sa visière pour saluer la foule.

En le voyant glisser dignement à bas de sa selle, Cléa dut s'avouer qu'il était très impressionnant.

– Me voici, Votre Majesté ! lança Adalbert d'une voix claire. Vous n'avez plus rien à craindre.

Il retira son casque et s'inclina devant les souverains, puis devant Isabella :

– Ah, notre belle princesse ! Puis-je ? fit-il en essayant de prendre sa main.

Cléa ne put réprimer un sourire devant l'expression dégoûtée de son amie. Cette dernière essayait de cacher sa main derrière son dos.

Le chevalier parvint à ses fins et fit claquer un baiser sonore sur les doigts de la princesse. Isabella se hâta de les essuyer discrètement sur sa robe.

– J’ai combattu de nombreux dragons, proclama le chevalier haut et fort. Grâce à mon talent, à mon intelligence et à mon courage, je les ai tous vaincus et bannis, et les honnêtes gens ont pu reprendre tranquillement le cours de leur vie.

Ce discours fut accueilli par des applaudissements.

– Organisez une grande fête ce soir en mon honneur ! poursuivit Adalbert. Car, dès demain, j’affronterai le dragon et je le chasserai de vos terres !

Les applaudissements redoublèrent.

– Je vais ordonner à mes serviteurs de s’occuper sur-le-champ des préparatifs, déclara le roi. La fête aura lieu dans les jardins du château. Vous êtes tous invités !

– Mais pas de fraises pour le dessert, je vous prie, précisa le chevalier au roi à mi-voix. Elles me donnent des boutons !

– Messire chevalier ! l’interpella Mme

Miette avec un sourire mielleux. Mon mari et mon fils sont en mer avec les autres pêcheurs. Ils apporteront du poisson tout frais, rien que pour vous !

– Surtout pas de poisson ! s'écria Adalbert d'un air effaré. Ça me donne des brûlures d'estomac !

Penchant la tête d'un côté, puis de l'autre, il admira son reflet dans la surface étincelante de son casque.

– J’aurai besoin d’un coiffeur pour me tailler la barbe, ajouta-t-il. Je dois paraître sous mon meilleur jour.

Cléa avait de plus en plus envie de rire. Ce chevalier avait peut-être fière allure, mais elle n’avait jamais rencontré un individu aussi ridicule et vaniteux.

Puis la foule reprit le chemin du château à la suite du chevalier.

– Qu’est-ce qu’on va faire, Cléa ? murmura Isabella, effondrée.

Cléa réfléchit à toute vitesse :

– Il faut que Gaspard quitte sa grotte pour aller se cacher quelque part où le chevalier ne pourra pas le trouver.

– Oui, on doit l’avertir tout de suite !

Elles attendirent que tous les villageois aient disparu. Mais, alors qu’elles s’éloignaient, une voix ferme retentit dans leur dos :

– Isabella ! Dame Cléa !

La reine, qui s'était attardée, regardait sa fille d'un air soupçonneux.

– Où allez-vous ainsi ? Isabella, je compte sur toi et ton amie pour faire bon accueil au chevalier et pour le distraire. Venez, je vous prie.

Cléa et Isabella échangèrent un coup d'œil consterné. Elles étaient bien obligées d'obéir.

– Comment va-t-on prévenir Gaspard ? chuchota Isabella.

– Attendons que la fête ait commencé, suggéra Cléa. Quand tout le monde sera occupé à boire et à manger, il sera facile de filer sans que personne s'en aperçoive.

– Espérons-le…

Le château se mua rapidement en une ruche bourdonnante d'activité.

Dans les vastes cuisines, les marmitons embrochaient, pétrissaient, rôtissaient. Des servantes installaient de grandes tables dans les jardins ; d'autres apportaient des chaises, suspendaient des guirlandes dans les arbres, allumaient des bougies. Les musiciens accordaient leurs instruments.

Les deux amies montèrent se changer dans la chambre d'Isabella. Quand elles redescendirent, la fête battait son plein.

Les musiciens jouaient un air endiablé et les gens dansaient dans l'herbe, à la lueur des torches.

Adalbert était assis à côté du roi et de la reine, un gobelet d'argent à la main, son armure fraîchement astiquée.

– Demain, vous serez délivrés de vos soucis, déclara-t-il. J'aurai chassé le dragon, et prouvé que je suis le plus vaillant chevalier de tout Tannelaun !

– Et aussi le plus vantard ! souffla Isabella à Cléa.

Elles se fondirent dans la foule. Le buffet était très appétissant, mais les deux amies étaient trop occupées à guetter l'occasion de s'éclipser pour en profiter.

Le roi se leva :

– Approchez-vous ! Des bouffons et des jongleurs sont venus nous divertir !

Aussitôt, des hommes vêtus de tuniques à damiers bariolées surgirent sur la pelouse et se mirent à jongler et à faire des pirouettes.

– Parfait ! murmura Cléa. C'est le moment de filer !

– Attends ! dit Isabella. Tu n'entends pas un drôle de bruit ?

Cléa tendit l'oreille et perçut un léger grondement de tonnerre.

Elle leva les yeux. Le ciel avait pris une teinte menaçante, et de gros nuages masquaient la lune.

Les torches qui éclairaient les jardins vacillèrent ; quelques-unes s'éteignirent.

Cléa reçut une goutte de pluie sur le visage.

– Il va y avoir un orage ! s'exclama-t-elle.

Tout à coup, un éclair zébra les nuages et la pluie s'abattit sur les jardins.

– Vite ! cria le roi. Que tout le monde rentre s'abriter au château !

Déjà, Adalbert bousculait les gens, pressé de se mettre au sec.

– Cette pluie va rouiller mon armure ! gémit-il.

Les deux amies étaient restées sous l'averse, hésitantes.

– Isabella ! appela la reine. Qu'attendez-vous ? Vous allez être trempées !

À regret, les deux amies se joignirent aux villageois qui s'assemblaient dans la grande salle.

– Ah, quel dommage ! dit la reine. C'était une si belle fête !

Brusquement, un autre éclair illumina la grande salle, suivi d'un coup de tonnerre assourdissant.

– Et les pêcheurs ? lança soudain la boulangère. Ils sont encore en mer !

– Ce n'est pas une nuit pour naviguer,

fit remarquer le roi d'un ton grave.

– Il faut que j'aille aux nouvelles, reprit Mme Miette, affolée. Mon mari et mon fils sont parmi eux !

Une rumeur alarmée parcourut la foule. Chacun remit sa pèlerine et son capuchon, et tout le village partit sous l'orage en direction du port.

Le roi, la reine et les deux amies fermaient la marche, enveloppés dans de longues capes.

Sur la plage, la tempête se déchaînait. Un deuxième coup de tonnerre explosa. Cléa s'emmitoufla dans sa cape en laine.

– Les bateaux ne sont pas là ! s'écria Mme Miette en scrutant la mer avec angoisse. Ils ne sont pas rentrés au port !

Les nuages masquaient toujours la lune, et la nuit était d'un noir d'encre. Au large, on ne voyait que de grands panaches d'écume sur la crête des vagues qui venaient s'écraser sur la plage.

Tout à coup, Cléa crut apercevoir quelque chose sur les flots.

– Regardez ! cria-t-elle. Il y a une lumière, là-bas !

– C'est la lanterne de l'un des bateaux ! s'exclama Isabella. J'en vois trois autres !

Cléa plissa les yeux et fixa les quatre lueurs, grosses comme des têtes d'épingle, ballottées par les flots.

Peu à peu, elle distingua les silhouettes des quatre bateaux de pêche. Elle vit aussi que l'entrée du port était encombrée de grands rochers déchiquetés. Les bateaux, poussés par le vent, menaçaient de s'y fracasser.

– Il faut faire quelque chose ! se lamenta Mme Miette en se tordant les mains. Sinon, les bateaux vont s'écraser sur les rochers, et nos hommes vont se noyer !

# 8

# Les secours

À cet instant, Adalbert fit son apparition. Après avoir attaché son cheval à un arbuste à l'entrée de la plage, il rejoignit l'attroupement.

– Heureusement, nous avons un chevalier parmi nous ! dit le roi. Vous, messire Adalbert, vous allez pouvoir sauver nos pêcheurs !

Adalbert sursauta, choqué :

– Moi ? Votre Majesté, vous n'y pensez pas ! Donnez-moi un dragon, et je suis votre homme. Mais je ne sais pas nager, et encore moins conduire un bateau !

Le roi et la reine le regardèrent, effarés, tandis que les villageois se mettaient à murmurer, sans cacher leur déception. Cléa adressa à Isabella une moue exaspérée.

– Il faut guider les bateaux entre les rochers pour les aider à rentrer au port ! suggéra un paysan.

– Oui, mais nous avons besoin de lumière ! précisa le roi.

– Votre Majesté, sauf votre respect, avec cette pluie et ce vent, nous n'arriverons pas à allumer la moindre étincelle ! objecta poliment un courtisan.

– Dis-moi, fit Cléa à l'oreille de la princesse, on ne pourrait pas utiliser les flammes de Gaspard comme signaux lumineux ?

– C'est une idée de génie ! souffla Isabella. Il suffirait de trouver quelque chose qu'il puisse enflammer !

Elle inspecta les environs.

– Là-haut, sur la falaise ! s'écria-t-elle.

Cléa leva la tête : tout au bord de la falaise se dressait un arbre mort, dont les branches nues se découpaient sur le ciel nocturne.

– Vite, Cléa ! la pressa Isabella. Allons chercher Gaspard !

Elle la prit par la main et l'entraîna vers l'autre bout de la plage. Tous les autres étaient tournés vers le large, et personne ne remarqua leur départ.

– Tu crois qu'on aura le temps de revenir avant que les bateaux ne s'écrasent sur les rochers ? demanda Cléa en courant à côté de son amie.

– On a une chance, à condition de prendre un cheval ! répondit Isabella.

Elle courut vers la monture d'Adalbert, la détacha et bondit en selle avec la légèreté d'une écuyère aguerrie. Puis elle tendit une main à Cléa et la hissa derrière elle.

– Au galop, mon beau ! dit-elle à l'oreille de l'animal. Cléa, accroche-toi !

Le cheval s'élança sur la plage.

– Hé ! Mais c'est mon cheval ! s'indigna Adalbert en les voyant passer. Au voleur ! Arrêtez-les !

Isabella donna un coup de talons à

l'animal, qui accéléra l'allure. Vif comme l'éclair, il fendit le vent, galopa sur le petit pont après le village et fila à travers champs jusqu'à la grotte de Gaspard.

Assis à l'entrée de la caverne, le dragon regardait tomber la pluie d'un air morne. Ses doux yeux bruns s'illuminèrent à l'arrivée de son amie.

– On a besoin de ton aide, Gaspard ! lui cria Isabella en sautant à bas du cheval.

Le dragon se leva pesamment et la fixa avec intérêt. De toute évidence, il comprenait ce qu'elle lui disait.

Isabella attacha sa monture dans la grotte à l'abri de la pluie. Elle sauta sur le dos du dragon aussi facilement qu'elle était montée en selle.

– Viens, Cléa !

Celle-ci s'approcha avec prudence, grimpa sur le dos de Gaspard avec l'aide de son amie et se cala entre les ailes.

– Emmène-nous au port, vite ! ordonna Isabella au dragon.

Cléa retint sa respiration tandis que Gaspard déployait ses grandes ailes. En deux battements puissants, il s'éleva dans les airs. Puis, bravant l'orage, il gagna de la hauteur, survola la colline et prit la direction de la côte.

Cléa n'arrivait pas à croire qu'elle volait sur le dos d'un dragon ! Elle se baissa pour se protéger du vent et de la pluie qui lui fouettaient le visage. Malgré l'orage, elle se sentait parfaitement en sécurité.

Le dragon était bien plus rapide qu'un cheval, et le retour fut accompli deux fois plus vite que l'aller. Déjà, Gaspard descendait en piqué vers la plage, les deux amies agrippées à son cou.

Au large, les bateaux luttaient toujours contre les vagues. Des villageois étaient allés chercher des torches et des lanternes, mais ils ne parvenaient pas à les allumer.

Gaspard se posa en haut de la falaise, à côté de l'arbre mort.

Isabella se haussa sur la pointe des pieds pour parler à l'oreille du dragon :

– Tu vois ce vieil arbre, Gaspard ? Il faut que tu l'enflammes.

Le dragon fit le tour du tronc, ses grands yeux bruns fixés sur sa cible. Il ne semblait pas avoir remarqué la présence des villageois sur la plage, et il paraissait très calme. Il ouvrit une gueule béante.

« Pourvu que ça marche ! » se dit Cléa en serrant les poings.

Soudain, un jet de feu jaillit. Des flammes léchèrent les branches mortes.

Hélas, le bois étant mouillé, elles faiblirent, puis moururent tout à fait.

Au même moment, un cri retentit sur la plage. L'un des paysans, levant la tête vers la falaise, venait de les repérer.

– Regardez ! C'est le dragon ! Qu'est-ce qu'il fait ?

L'espace de quelques secondes, Cléa craignit que ces cris ne détournent Gaspard de sa tâche. Mais celui-ci, encouragé par Isabella, inspira de toutes ses forces et cracha un nouveau jet brûlant. Cette fois, les flammes, attisées par le vent, frappèrent de plein fouet le tronc, qui s'embrasa.

– Bien joué, Gaspard ! le félicita Isabella en lui tapotant fièrement le cou.

– Hourra ! s'égosillèrent les villageois.

Puis tous se tournèrent vers le large.

Les pêcheurs, guidés par le signal lumineux, manœuvraient leurs bateaux entre les rochers pour regagner le port. Bravant les vagues et le vent, l'une des embarcations

finit par atteindre la côte, bientôt rejointe par les autres.

Le roi poussa un cri de soulagement, que le vent porta jusqu'au sommet de la falaise :

– En voilà trois de sauvés !

Cette exclamation de victoire fut aussitôt suivi d'une plainte désespérée de Mme Miette.

– Regardez ! lança-t-elle, le doigt pointé sur le quatrième. C'est le *Marie-Jeanne*, celui de mon mari ! Le vent l'éloigne de la côte et le pousse droit sur les rochers !

Dans un grand craquement, le petit bateau en bois heurta un écueil, sur lequel l'avant de sa coque se brisa.

9

# La miche de pain

– Oh, non ! gémit la boulangère. Qu'est-ce qu'on peut faire ?

Du haut de la falaise, Cléa et Isabella avaient observé la scène.

– Gaspard, dit la princesse, crois-tu que tu pourrais voler jusqu'au bateau et ramener les pêcheurs sur la plage ? Il faut faire vite !

Sans hésiter, le dragon s'approcha des deux amies pour les prendre sur son dos. Puis il s'élança de nouveau dans le ciel, en direction du large. Le vent soufflait de plus belle, et il devait redoubler d'efforts pour avancer.

Parvenu au-dessus du bateau, il descendit en cercles concentriques. À bord, trois hommes et un jeune garçon tentaient désespérément de quitter la barque endommagée en grimpant sur les rochers glissants.

– Monsieur Miette ! appela Isabella. On est là ! Gaspard va vous sauver !

Le pêcheur leva les yeux et resta pétrifié à la vue du dragon qui planait à deux mètres de sa tête.

– Prenez d'abord mon fils ! cria-t-il dès qu'il eut retrouvé ses esprits.

Il hissa le garçon à bout de bras, et le dragon descendit encore.

– Doucement, Gaspard ! lui souffla Cléa.

Gaspard ouvrit la gueule, prit délicatement le garçon entre ses dents par le col de sa veste et le souleva de l'épave.

Puis, en quelques coups d'ailes, il regagna la côte et le déposa sur la plage.

– Édouard ! s'écria Mme Miette. Tu es sauvé !

– Au tour des autres, maintenant ! lança Isabella.

Gaspard, défiant la tempête, retourna au bateau. Les pêcheurs pesaient plus lourd qu'Édouard, et cette fois le dragon dut s'aider de ses griffes, en plus de ses dents, pour les emporter. Cependant, il effectua le sauvetage avec beaucoup de délicatesse, ramenant les hommes un par un sur le rivage. Enfin, il déposa sur le sable M. Miette, le dernier rescapé. Sa femme se précipita pour le serrer dans ses bras.

– Bravo, Gaspard ! applaudit le roi.

– Tout le monde au château ! s'exclama la reine. Nous avons grand besoin de nous réchauffer.

– Tu avais raison, dit Cléa à la princesse, Gaspard est un champion ! Il s'est comporté en héros. Et il n'a pas eu un seul hoquet !

– C'est parce qu'il était trop occupé pour avoir peur, répondit Isabella. Imagine qu'il soit guéri ! Alors, mon père accepterait peut-être qu'il reste avec nous.

Gaspard bâilla à s'en décrocher la mâchoire.

– Accompagne-nous au château, lui dit Isabella en lui tapotant le flanc. Je vais te trouver un endroit où tu pourras dormir au chaud.

De retour au château, avec l'aide d'un écuyer, la princesse installa le dragon à l'écurie sur un tas de foin bien sec. Pendant ce temps, l'un des garçons d'écurie fila à la grotte de Gaspard récupérer le cheval blanc d'Adalbert.

Les deux amies étaient en train de se sécher devant le feu, dans la chambre d'Isabella, lorsqu'une dame de compagnie se présenta à la porte.

– S'il vous plaît, Votre Altesse, dit-elle, le roi désire vous voir sur-le-champ.

– Oh là là, je n'aime pas ça ! gémit Isabella.

Les deux amies se rendirent dans la grande salle, où se pressaient villageois et courtisans. Le roi et la reine les attendaient, assis sur leur trône.

Le roi avait un air grave.

– Eh bien ? fit-il en les fixant d'un œil sévère. Qu'avez-vous à dire pour votre défense, toutes les deux ? Quelle idée de mettre ainsi sa vie en péril ! En pleine tempête !

Gênée, Cléa baissa le nez.

– Et cela, alors que je vous avais dit que ce dragon était dangereux ! reprit le roi.

Vous m'avez désobéi ! Mais je dois admettre...

Son visage s'éclaira d'un sourire.

– ... que vous avez été très courageuses !

Les deux filles soufflèrent de soulagement.

– Je vous remercie, continua le roi. Sans vous, ces braves pêcheurs se seraient noyés. Dame Cléa, ce sera toujours une joie pour nous de vous accueillir dans notre royaume.

Là-dessus, toute l'assistance applaudit et les acclama bruyamment. Cléa rougit comme une pivoine.

Mais le roi n'avait pas terminé :

– Gaspard le dragon est un héros, lui aussi. Toutefois, nous ne devons pas oublier qu'il a causé de gros dégâts dans le village. Réduire la boulangerie en cendres est un délit très grave. Je ne peux pas l'autoriser à rester à Tannelaun.

– C'est bien mon avis, intervint le chevalier d'une voix forte. Dès que j'aurai fait sécher mon armure, je le chasserai du royaume.

– Père, Gaspard a sauvé les pêcheurs ! rappela Isabella.

Le roi secoua la tête d'un air désolé.

– Attendez ! intervint Mme Miette, qui entrait en hâte dans la grande salle.

Elle vint s'incliner, l'air penaud, devant les souverains :

– Votre Majesté, il faut que je vous dise…

Elle s'interrompit.

– Quoi donc ? demanda le roi.

La boulangère fit une nouvelle révérence, visiblement très embarrassée.

– Eh bien… je me suis rappelé que j'avais laissé une miche de pain dans le four, Votre Majesté, murmura-t-elle.

Le roi haussa les sourcils :

– Que voulez-vous dire ?

– La… La miche de pain a dû être carbonisée, bredouilla la boulangère, et c'est sûrement ce qui a provoqué l'incendie.

– Mais, alors, ce n'était pas la faute de Gaspard ! s'exclama Isabella.

Cléa s'avança vers le roi, les yeux brillants :

– Dans ce cas, Votre Majesté, Gaspard n'a rien fait de mal ! Il n'y a plus de raison de le chasser !

# 10

# Gaspard, le héros

Les deux filles retinrent leur respiration.

– Où est le dragon ? demanda le roi.

– À l'écurie, père, répondit la princesse.

– Envoyez le chercher, ordonna le roi à un serviteur.

– Envoyez chercher le dragon ! répéta le serviteur en sortant de la pièce au pas de course.

Tous attendirent en silence le retour du serviteur. Le dragon entra derrière lui d'un pas traînant, à moitié endormi.

Il cligna les paupières et regarda l'assistance sans manifester la moindre nervosité.

– Isabella, déclara le roi, la présence de ton vaillant ami dragon sera un honneur pour le royaume de Tannelaun. Mais tu dois poursuivre son entraînement. À dater de ce jour, je te nomme Instructrice Royale de Dragons.

Isabella jeta ses bras autour de la taille du roi :

– Oh, merci, Père !

Des acclamations s'élevèrent, et tous s'approchèrent pour caresser et tapoter Gaspard. Sans montrer aucune inquiétude, celui-ci se mit à ronronner de satisfaction.

– Et je confie également une mission à Gaspard, reprit le roi. Il sera chargé d'allumer un signal lumineux sur la côte les jours de tempête, quand les pêcheurs seront en mer.

La reine s'avança pour annoncer :

– Je demanderai aux brodeuses royales de confectionner une écharpe de soie rouge, portant en lettres d'or le titre :

ALLUMEUR DE PHARES OFFICIEL
DE TANNELAUN.

Mme Miette s'avança et s'inclina devant Gaspard.

– Messire dragon, dit-elle, je regrette de vous avoir accusé de l'incendie de la boulangerie. Je vais vous préparer chaque semaine votre gâteau préféré, pour me faire pardonner et pour vous remercier d'avoir sauvé mon fils et mon mari.

Gaspard parut enchanté par cette proposition. Il frotta son museau contre l'épaule de la boulangère, qui rosit de plaisir.

Constatant que le dragon tombait de sommeil, le roi frappa dans ses mains :

– Allons tous nous coucher ! Nous devons laisser Gaspard se reposer.

– Mais comment ! protesta Adalbert, indigné, en traversant la foule à grand renfort de coups de coude. Des gâteaux ! Des missions officielles ! Fi ! Qu'est-ce que c'est que ces manières de traiter un dragon ? Ils n'ont pas leur place dans un royaume respectable !

– Je dirais plutôt que c'est vous qui n'avez rien à faire ici, rétorqua froidement Isabella.

– C'est sûrement un malentendu…, marmonna le chevalier.

– Adieu, messire chevalier, l'interrompit le roi en le saluant sèchement. À l'avenir, nous n'aurons plus besoin de vos services.

Dépité, Adalbert quitta la grande salle d'un pas raide, suivi par les villageois qui commentaient les événements de la journée et la bravoure du dragon.

Quand ils furent tous partis, Cléa et Isabella s'agenouillèrent devant le feu et gavèrent Gaspard de fruits. Une fois repu, le dragon s'enroula comme un chat, et les deux amies s'installèrent confortablement, la tête appuyée sur son dos.

– Comment puis-je te remercier, Cléa ? dit Isabella. C'est grâce à toi que Gaspard a été sauvé !

– Il l'a mérité, répondit son amie.

La princesse hocha la tête en bâillant :

– Bonne nuit, Cléa.

Celle-ci contempla les flammes, un sourire sur les lèvres : tout s'était bien terminé !

– Bonne nuit, Isabella...

Soudain, autour de Cléa, tout fut enveloppé dans une sorte de brouillard, et le vent se leva dans la grande salle.

Elle ferma les paupières et fut prise dans un tourbillon de plus en plus rapide, qui l'emporta dans les airs comme une plume.

Quelques secondes plus tard, ses pieds touchèrent le sol, et le vent tomba aussi brusquement qu'il était venu.

Cléa rouvrit les yeux. Elle était toujours devant un feu de cheminée, mais, cette fois, dans la grande salle du château de Tante Clarisse. La vieille pendule en bois posée sur la cheminée n'avait avancé que de cinq minutes depuis qu'elle avait fini de compter lors de sa partie de cache-cache.

La fillette leva la tête et sourit. Sur la tapisserie, Adalbert le vaniteux avait disparu, et la petite princesse et le dragon se regardaient d'un air complice.

– Cléa, qu'est-ce que tu fabriques ? Je commence à avoir des fourmis dans les jambes, moi ! retentit soudain la voix impatiente de Lucas.

Si tu as aimé ce livre,
tu peux lire d'autres histoires
dans la collection

# Le château magique